Hans Bethge: Nachdichtungen orientalischer Lyrik
Band XII: Sa'di der Weise

Hans Bethge

Sa'di der Weise

YinYang Media Verlag

Die Lieder und Sprüche des Sa'di

Erstausgabe aus dem Nachlaß Hans Bethges

herausgegeben und mit einem Nachwort
versehen von Regina Berlinghof

Die Deutsche Bibliothek - CIP Einheitsaufnahme
Bethge, Hans:
Sa'di der Weise : [Lieder und Sprüche des Sa'di] / Hans Bethge. -
Erstausg, aus dem Nachlaß / hrsg. und mit einem Nachw. versehen von
Regina Berlinghof. - Kelkheim : YinYang-Media-Verl.; 2001
[Nachdichtungen orientalischer Lyrik ; Bd. 12]
ISBN 3-9806799-6-9

Satz und Layout: Regina Berlinghof
Druck: Digitaldruck GmbH, Frensdorf (Bayern)

Das Titelblatt des Manuskripts von letzter Hand
Hans Bethges

HANS BETHGE

SADI DER WEISE

Die Lieder und Sprüche des persischen Sängers

in Nachdichtungen

Sa'di: Widmung an den Leser
Manuskriptseite Hans Bethges

An den Leser

Aus vielen fernen Ländern kehrt ich heim:
Aus Indien, Arabien, Ägypten.

Wer aus Ägypten heimkehrt, der bringt Zucker
Den Freunden mit als süßes Angebinde.
Ich habe keinen Zucker mitgebracht,
Doch Verse, die noch süßer sind als Zucker:
Sie laben zwar die Zunge nicht, die eitle,
Wohl aber deinen Geist, der ewig ist.

SA'DI DER WEISE

DIE LIEDER UND SPRÜCHE
DES PERSISCHEN DICHTERS
IN NACHDICHTUNGEN

AN DEN LESER

Aus vielen fernen Ländern kehrt ich heim:
Aus Indien, Arabien, Ägypten.

Wer aus Ägypten heimkehrt, der bringt Zucker
Den Freunden mit als süßes Angebinde.
Ich habe keinen Zucker mitgebracht,
Doch Verse, die noch süßer sind als Zucker:
Sie laben zwar die Zunge nicht, die eitle,
Wohl aber deinen Geist, der ewig ist.

VERGÄNGLICHKEIT

Laß dir die Binde von den Augen reißen,
Du einsichtsloser, leicht vergrämter Mensch:

Mit Ruhe trage, was dir das Geschick
Hat auferlegt. Das müde Haupt des Sklaven,
Das Lasten schleppen muß, und eines Königs
Bekränztes Haupt, das zu den Sternen ragt:
Sie sind dereinst, wenn ihre Form zerbrach,
So gleich wie eine Handvoll Staub der andern.
Das Glück stirbt wie ein Windhauch, das
Getriebe
Der Erde ist ein schnell verträumter Traum;
Die Lust der Reichen schwindet wie die Sorge
Der Armen, nur die gute Tat besteht.
Streu Gold aus, wenn du kannst, eh deine Augen
Erloschen sind und Reue dich erfaßt.
Ich streue Lieder, – Gold besitz ich nicht.

VEREINTE KRÄFTE

Die einzle Mücke ist ein schwächlich Ding;
Ein Mückenschwarm, dicht, an durchglühtem Tag,
Macht auch den stärksten Löwen müd im Kampf.

Der Seidenfaden, weich wie Frauenhaar,
Zerreißt im Nu. Ein Seil aus Seidenfäden, –
Wo ist die Kraft, die ihm zu trotzen wagt?

GRENZENLOSE HINGABE

Tu mit mir, was du willst. Willst du mich töten,
So töte mich; will mich dein Herz erhören,
Erhöre mich, – und es wird himmlisch sein!

Dies aber weiß ich: wenn du mich verlässest,
Werd ich mein Leben lang nur immer suchen
Nach einem Glück, beseligend wie du!

WARNUNG

Ein Jüngling rief verleumderische Worte
Leichtsinnig in die Luft; sein gütiger Lehrer
Vernahm es, und er sprach mit ernstem Mund:

„Wenn du die andern Leute lästernd schlecht machst,
So machst du nur die gute Meinung schlecht,
Die ich bisher noch immer von dir hegte.

Durch bösen Leumund minderst du die Ehre
Der Andern nicht; doch läufst du bald Gefahr,
Die eigne Ehre dauernd zu verlieren."

DAS SCHRECKLICHSTE

Das Schrecklichste ist dies: bei der Geliebten
Den Feind zu überraschen, den man haßt.

Viel lieber drück ich eine Nadel in
Mein Aug, anstatt der Salbe; oder sehe
Mein Haus vom Blitz getroffen niederbrennen;
Oder ertrage voll Geduld das Joch,
In das mich ein verruchter Christ gespannt.

Das Schrecklichste ist dies: bei der Geliebten
Den Feind zu überraschen, den man haßt.

DER EINSICHTSVOLLE

Ein Kaufmann, süßes Zuckerrohr im Korbe,
Lief hin und her, die Ware feilzubieten,
Und sprach zu einem einsichtsvollen Menschen:
„Nimm meine Ware hin, du sollst nicht zahlen,
Erst wenn du Geld hast, zahlst du den Betrag."
Da sprach der Andre lächelnd stiller Miene:
„Mich drängt es nicht, den Zucker zu besitzen,
Du aber würdest bald mich qualvoll drängen,
Die unbedachte Schuld dir abzutragen.
Drum geh! Was nützet mich des Zuckers Süße,
Wenn Bitternis der Not aus ihr erwächst?"

MORAL DES RÄUBERS

Ein Räuber, der bei Nacht die Reisenden
Zu überfallen pflegte, kam bei Tag
Aus öder Wüste in die bunte Stadt.

Er ging zu einem Händler, einzukaufen.
Der Händler war ein schlauer Fuchs und wußte
Den Räuber um ein Goldstück zu betrügen.

Als drauf der Räuber den Betrug bemerkte,
Rief er: „O großer Gott, verdamme nicht
Mich Armen, der nur nachts zu rauben pflegt!

Viel Schlimmeres geschieht. Was ich nur angstvoll
In tiefstem Dunkel zu verüben wage,
Sieh, dieser Schurke tut's am hellen Tag!"

ZORN UND SANFTMUT

Nicht jener ist ein wahrhaft tapfrer Mann,
Der sich nach Kampf mit einem Riesen sehnt;
Nein, tapfer in des Wortes höchsten Sinne
Ist jener, der, von wildem Zorn entflammt,
Doch seinen Mund in Zaum zu halten weiß.

Als einst ein haltlos-zornerregter Mann
Den bravsten Menschen rücksichtslos beschimpfte,
Sprach dieser still: „Ich wünsche dir das Beste
Bis an dein Ende. Wenn du schlecht mich schiltst,
So weiß ich wohl, daß ich noch schlechter bin,
Denn meiner Fehler hochgetürmte Last,
Ich kenn sie besser als dein Zorn sie kennt."

SICH BESCHEIDEN

Reicht deine Hand nicht hoch genug, die Früchte
Zu pflücken vom Geäst, so laß dein Auge
Sich an der süßen Pracht der Früchte freun.

Gern hätt ich mir ein stolzes Schloß erbaut.
Mit Marmorhallen, schimmernden Gemächern,
Doch meine Kräfte reichten nicht dazu.

Ein Mensch, und sei er noch so willensstark,
Kann seine Schritte doch nicht größer machen
Als das Geschick hat seinem Wuchs verliehn.

VOM SEGEN GOTTES

Du hoffst auf Gottes Segen? Hoff auf ihn!
Ich wünsche, daß er dich beglückt, jedoch
Ich glaub es nicht. So fruchtbar auch der Regen
Des Frühlings ist, der auf die Felder strömt:
Wo deine Hand nicht Samenkörner streute,
Da blüht kein Halm aus weitem Feld hervor.

WIRKUNG

Durch einen Narrn, der schwatzhaft ist und fad,
Wird eine ganze Schar verständiger Männer
Besudelt. Füllt man eines Teiches Rund
Mit Rosenwasser an und wirft das Aas
Von einem Hund hinein, – gleich wandelt sich
Das Rosenwasser zu gemeinstem Pfuhl.

INSCHRIFT

Auf den Befehl eines erfahrnen Fürsten
Ward um die Kuppel seines seidnen Zeltes
Dies Wort der Weisheit leuchtend eingestickt:

Ich bitte meine Freunde, alle Bösen
Mit Liebe zu behandeln. Denn die Guten
Sind durch sich selber schon beglückt genug.

DAS BESSERE

Wenn du nicht weißt, ob deines Mundes Sprache
Goldklare Wahrheit ist, so laß die Lippen
Verschlossen, bleibe stumm anstatt zu reden.

Denn deiner ewigen, gotterfüllten Seele
Ist wohler, du bist wahr und bleibst in Fesseln,
Als daß du sündhaft lügend dich befreist.

RATSCHLAG

Ein Vielfraß hat die Fülle seines Bauchs zu tragen,
Und frißt er nicht genug, so quält ihn Unbehagen.

Wer seinem Bauche dient, geht niemals freuden-
wärts, –
Mach enger deinen Bauch, und weiter mach dein
Herz!

DANK DES SCHWACHEN

Mit der Ameise bin ich zu vergleichen,
Nicht mit der Wespe, die so unvernünftig
Auf alles lossticht und mit der man Kampf führt.

Ich danke dir, mein Gott, daß du mir Schwachheit
Verliehn hast und nicht ungebärdige Kraft,
Die andre Menschen unnütz quält und aufreizt.

MENSCH UND KÖNIG

Ein M e n s c h, der nur die Hälfte seines Brotes ißt,
Macht einen Bettler durch die andre Hälfte reich.

Ein K ö n i g, der ein Königtum erobert hat,
Lenkt seinen Sinn schon auf ein andres Königreich.

ALLEIN

Die Leute sagen mir, die Luft des Mai
Sei wundervoll und Rosenduft und Bläue
Des Himmels und die bunte Wiesenflur
Und Sang der Vögel seien wundervoll.
Sie haben recht, – jedoch ich muß allein
Die holden Wunder dieser Welt genießen,
Und wahrhaft köstlich sind sie nur für jenen,
Der mit geliebtem Menschen sie genießt.

DIE TIEFERE BETRACHTUNG

Nach schönen Frauen blickt mein Aug mit Wonne,
In ihren Mienen webt ein holder Schimmer
Der Gottheit. Deinem Haupt und meinem Haupt
Ward eingepflanzt ein sehend Augenpaar:
Dir dient es nur, die Schöpfung zu betrachten, –
Ich seh den Künstler, der das Werk erschuf.

BETTLER

Du hast die Qual der Armut nie gekannt.
Erblickst du einen Bettler, so verziehst
Du das Gesicht und wendest jäh dich ab.

Du bist nicht stark genug, das Elend zu
Erblicken, – wieviel Stärke erst gehört
Dazu, der Armut tiefster Knecht zu sein!

NEID UND VERLEUMDUNG

Zu Bagdad in der Weisheitsschule war ich
Als Lehrer angestellt mit gutem Lohn.
Einst trat ich zu dem weisesten der Lehrer,
Verbeugte mich und sprach: „Geliebter Meister,
Denkt Euch, ich habe einen neidischen Feind.
Er unterrichtet auch. Doch da er einsieht,
Daß meine Lehre tiefer dringt als seine,
Sog seine Seele sich voll Zorn und Neid.“

Der Alte, dessen Klugheit wir verehrten,
Hörte mich an, dann sprach er strengen Augs:
„Wie sonderbar! Den Neid des andern findest
Du sträflich, – meinst du denn, daß die Verleumdung,
Die du so hämisch vorbringst, löblich sei?
Der Neidische wird den Weg zur Hölle schreiten,
Du aber, sein Verleumder, folgst ihm nach!“

ERDE

Mit einer Hacke schlug ich in das Land,
Da hob sich eine Stimme aus der Tiefe
Klagend empor: Halt an und hab Erbarmen!
Hier schlafen zarter Mädchen runde Schultern,
Die Füße frommer Pilger, Hälse, Hüften,
Die Herzen von Verliebten schlummern hier!

DAS GEHEIMNIS

Ein Fürst vertraute seinem Lieblingssklaven
In schwacher Stunde ein Geheimnis an.
O wehe! Das Geheimnis, das der Fürst
Seit Jahren hütete, – nach einer Stunde
War es im Munde schon der halben Welt.
Der Fürst, erfüllt von unverhohlener Wut,
Rief eilig seinen Henker und befahl:
„Hier diesen Schwätzer, der sich meiner Liebe
Nicht würdig zeigte, töte auf der Stelle!"
Worauf der Sklave klug erwiderte:
„Mich willst du strafen, da du schuldig bist?
O Herr, du selber öffnetest die Quelle.
Wie kannst du jetzt erzürnt sein, daß die Quelle
Zum Strome ward? Das wird doch jede Quelle!"

WANN

Wann wirst du sanft zu mir herüberschweben,
Du Trotzige, gewachsen wie die Zeder?
Wann seh ich deine dunkeln Locken beben
Entgegen mir? Wann hör ich deine Lippen
Beim ersten Kusse voll Verwirrung lallen?
Wann, wann, Geliebte mit dem spröden Herzen
Läßt du die letzte Hülle endlich fallen?

DER DORN

Einst zog ich einen eingetretenen Dorn
Aus eines Waisenkindes müdem Fuße.

Die Nacht darauf fühlt ich in tiefem Traum,
Daß goldumglänzt ein Heiliger zu mir trat.

Er wies mit seiner schlanken Hand die Fluren
Des blühenden Paradieses mir und sprach:

Sieh, alle diese roten Rosen sind
Aus einem kleinen Dorn für dich erblüht.

HOFFNUNGSLOS

Nein, meines Herzens fürchterlicher Durst
Wird nie gestillt, und tränk ich auch das Meer
Bis auf den Boden aus. Wie glücklich ist
Der Mann, der jeden Morgen, wenn er aufwacht,
Die Holdheit deines Körpers schauen darf!

Wer trunken ist von gluterfülltem Wein,
Wird bis zum Morgen wieder nüchtern werden;
Wer trunken ist von hoffnungsloser Liebe,
Wie ich, der taumelt hilflos durch die Zeiten,
Und erst der Tod beendigt seine Qual.

DER HARTE VATER

Ein Vater schlug in ungerechtem Zorn
Sein eignes Kind. Dies rief ihm qualvoll zu:
„Was schlägst du ohne Ursach mich, o Vater?
Das Unrecht, das mir fremde Leute tun,
Ertrag ich gerne, denn ich hab ja dich,
Dem meiner Seele Schmerz ich klagen darf.
Doch wenn du selber Unrecht an mir tust, –
Wem soll ich klagen meine Leiden dann?“

DER ARZT UND DER KRANKE

Ein Mensch, vom süßen Schlafe ganz gemieden,
Lag krank darnieder, ohne Speis und Trank.
Der Arzt kam, untersuchte ihn und sprach:
„Der Ärmste! Es steht schlimm; es wär ein
Wunder,
Wenn er die kommende Nacht noch überlebte.
Ein Bissen falscher Kost, und er ist tot."

Der Arzt starb in der Nacht darauf. Seitdem
Sind vierzig Jahre schleichend hingeflossen:
Der Kranke lebt noch, höchst gesund und froh.

EDLE VERGELTUNG

Ein Trunkenbold schlug seine schöne Laute
Zur Nacht an eines Weisen Haupt entzwei.
Der sagte nichts. Jedoch im Glanz des Tages
Bracht er dem Saufbold einen Sack Dukaten
Ins Haus und sprach: „Du hast in trunknem Irrsinn
Dir deine Laute, mir das Haupt zerschunden.
Mein Schädel wird, ich fühl es, bald gesunden.
Hier bring ich dir die beste Arzenei
Für die der Laute zugefügten Wunden."

VON DER DEMUT

In einem Hafen Griechenlands traf einst
Ein Jüngling ein; da er von edler Sitte
Und arm und klug war, nahm man freundlich ihn,
Wie er es wünschte, in ein Kloster auf.
Der greise Abt erteilte eines Tages
Ihm den Befehl, die edeln Tempelräume
Von Schmutz zu säubern. Als der Jüngling den
Befehl vernahm, schritt er voll tiefer Trauer
Ins Feld hinaus und kehrte nicht zurück . . .

Die Klosterbrüder sahen es voll Zorn,
Daß er mit solcher Hoffahrt sich des Dienstes
Trotzig enthob. Am nächsten Tage traf
Ein Bruder ihn im Feld und sprach ihn an:
„Dein Herz ist bös, und Sünde war dein Tun.
Weißt du denn nicht, daß Dienst in deiner Kirche
Dich nicht erniedrigt, sondern nur erhöht?"
Da schluchzte laut der Jüngling auf und sprach:
„Mein Freund, von Schmutz sollt ich den Tempel säubern,
Ich habe keinen Schmutz am reinen Orte
Entdeckt, – nur meine Seele war voll Unrat,

Drum eilt ich fort, daß der geliebte Tempel
Nun völlig unbefleckt und strahlend sei!"

O Freunde, was der Jüngling tat, war gut,
Denn in der Demut wurzelte sein Tun,
Und Demut läutert uns empor zum Himmel.

DER UNDANKBARE KÖNIG

Ein König stürzte auf der Jagd vom Pferd,
Verrenkte sich den Hals, und alle Mühe,
Den Wirbel wieder einzurenken, blieb
Umsonst. Wenn er das Haupt bewegen wollte,
Mußt er den ganzen Körper wenden. Keiner
Der Ärzte wußte ihm zu helfen. Da
Erschien aus Griechenland ein alter Weiser,
Der renkte mit Geschick den Hals ihm ein,
Und alles war beglückt.
Als beim Empfang
Der Weise vor den König trat voll Ehrfurcht,
Sah dieser undankbaren Sinns beiseite,
Als kenn er seinen Helfer nicht. Der Alte
Neigte das Haupt voll tiefer Scham und dachte:
„Hätt ich ihm seinen Hals nicht eingerenkt,
So hätt er jetzt das Antlitz nicht von mir
Abwenden können . . .“ Und er schickt' ein Körnlein
Durch einen Diener mit der Weisung: „Lege
Dies vor den König in die Räucherschale
Und zünd es an.“ Als dann der König abends
Den Rauch einatmete, zwang ihn ein Kitzel
Zu niesen, – und, entsetzlich, wieder renkte
Der Hals sich aus und blieb erstarrt ihm stehn.

Nun lief man mit Entschuldigungen, Klagen,
Versprechungen dem alten Weisen nach,
Noch einmal seine Hilfe anzurufen.
Umsonst. Es hat ihn keiner mehr erblickt.

GETRENNTE WELTEN

Wie hold dein Mund ist, wer vermöchte das
Mit Worten auszudrücken? Wehe, wehe,
Daß er so fern mir ist, so unerreichbar!

Doch dies ist Schicksal. Denn wie dürft ich Bettler
Eintreten in ein Königsschloß, und wie
Kämst du dazu, bei Bettlern zu verweilen?

UNHEILBAR

Ich sprach: nun will ich meine Augen nicht
Mehr auf dich richten, daß mein Liebesjammer
Ein Ende habe. Da noch einmal schaut ich
Zu dir hinüber, und dies letztemal
Strahlte dein Haupt so unbeschreiblich herrlich,
Daß ich erbebte bis zum Grund der Seele, –
Wie sollt ich Ruhe finden nun vor dir?

RATSCHLAG

Stellt sich vor deiner Lampe goldnen Schimmer
Ein häßliches, aufdringlich Frauenzimmer,
Weis sie mit barschem Wort aus deinem Haus.

Ist's aber eine Zarte, Schlanke, Süße,
So lach sie an und sink ihr vor die Füße,
Und lösche schnell die dumme Lampe aus . . .

VOM WAHREN GLÜCK

Wenn Ruhe wohnt in deiner Seele, was
Bedeutet Hütte dir, was Fürstenschloß?
Wenn Gott den tiefen Schlaf des reinen Herzens
Dir schenkt, ist es nicht gleich, ob dir als Ruhstatt
Des Königs Thron dient oder Bettlerspreu?

HANDEL MIT HONIG

Ein schönes, junges Weib, das alle Welt
Durch ihres Körpers Reiz bezauberte,
Stand auf dem Marktplatz und verkaufte Honig.

Sie glich dem zarten Zuckerrohr an Schlankheit,
Und wie die Fliegen um den Zucker schwärmen,
So schwärmten rings die Käufer um sie her.

Wenn dieses strahlend-wundervolle Wesen
Mit Gift gehandelt hätte, statt mit Honig, –
Die Leute hätten sich nach Gift gedrängt.

Ein Mann sah neidisch diesem Andrang zu,
Schritt mürrischen Gesichtes fort und kaufte
Sich Honig, um ihn gleichfalls zu verhandeln.

Da stand er nun am Markt, pries seine Ware
Mit lauter Stimme, aber keine Fliege
Hat seines Korbes Süßigkeit begehrt.

Er stand bis Mitternacht und rief vergebens,
Dann zog er müd nach Haus, den Korb voll Honig,
Das Angesicht wie Essig, ätzend-scharf.

Er sah so düster aus wie die Gefangnen
Im Zuchthaus, wenn der liebe Frühling duftet,
Er schien ein Sünder, der zur Richtstatt zieht.

Auf seinem Heimweg hört' er eine Stimme
Die sprach: „Ein Antlitz, düster wie das deine,
Macht sauer auch den feinsten Honigseim!"

DER SKLAVE

Ein mächtiger Wesir, grausamen Herzens,
Reizte den König auf zu dem Befehl,
Den besten seiner Sklaven zu enthaupten.

Der Sklave warf dem König sich zu Füßen
Und sprach: „Wenn du durchaus mich töten willst,
So laß mich erst mein Haupt mit Schuld beladen,
Damit dich nicht Gewissensbisse quälen
Nach meinem Tod.“ Der König fragte ernst:
„Wie meinst du das?“ Darauf der Sklave: „Herr!
Gestatte, daß ich den Wesir dort töte,
Dann wird es deine Pflicht, den Tod des Edeln
Dadurch zu rächen, daß du mich enthauptest . . .“

Wie herzhaft hat der König da gelacht!
Er winkte ab. Den Sklaven ließ er laufen.

DER VERLIEBTE

Ein junger Mann war grenzenlos verliebt
In eine Frau, hold leuchtend wie die Sonne.
Wohl ist es möglich, daß sie Gott so herrlich
Gebildet hatte, um der Welt zu zeigen,
Daß seine Schöpferhand allmächtig ist.

Als eines Tags der hoffnungslos Verliebte
Aus einem Hinterhalt das holde Wesen
Schmachtend betrachtete, ward er entdeckt,
Und zürnend sprach die Schöne, flammenden Augs:
„Sinnloser, sag, warum verfolgst du mich?
Wagst du zu glauben, daß du meine Schönheit
Erobern kannst? Sie ist dir nicht bestimmt.
Treff ich dich noch einmal, so werd ich dich
Erdolchen, wie man seinen Feind erdolcht."

„Ja, tu das", seufzte da der Liebende
Voll Zärtlichkeit, „Wie wird mich Ruhm verklären!
Von seiner süßen Freundin, wird es heißen,
Wurde getötet dieser Glückliche!"

DER PILGER

Ein Frommer, der nach Mekka pilgerte,
Warf sich im Laufe seiner strengen Wallfahrt
Zahllose Male nieder zum Gebet.

Wenn sich, indes er wanderte, ein Dorn
In seinen Fuß vergrub, ließ er ihn stecken
Und wallte weiter, als verspürt' er nichts.

Er litt, jedoch in seinem frommen Dünkel
Erschien ihm gut und edel, was er machte,
Stolz war er auf sein Tun, der Törichte.

Er meinte, daß er Gottes Wege schreite;
Da, eines Tages, jählings, drang es warnend
Von unsichtbarem Munde an sein Ohr:

„Du strenger Mann der Pflicht, meinst du denn wirklich,
Gebet und Andacht und Sichquälen seien
Die wahren Opfer auf des Herrn Altar?

Viel lieber als ein Leib, der tausendmal
Sich niederwirft, ist unserm Gott ein Herz,
Das wohlzutun und Glück zu spenden weiß."

LIEBE ZUR KREATUR

Ein Mann fand einen Hund im Sand der Wüste
Nah dem Verschmachten, mit geschlossnen Augen,
Kaum daß noch Atem seiner Brust entwich.
Da nahm der Mann von seinem Haupt die Mütze,
Um sie als Eimer zu benutzen, band
Sein Turbantuch als Brunnenseil daran,
Lief zu dem nächsten Brunnen, holte Wasser
Empor und reichte dem Verschmachtenden
Den kühlen Trunk, daß er die Augen aufschlug,
Dankbar, und neuen Atems Kraft gewann.

Als der Prophet von dieses Mannes Liebe
Zur Kreatur erfuhr, sprach er voll Güte:
„Was er im Leben je gesündigt, sei
Vergeben ihm um seiner Liebe willen.
Willkommen sei der Mann im Paradies!“

DER WAHRE URSPRUNG

Wenn dir die Menschen Schmerz zufügen, dulde
Es ohne Groll, denn weder Lust noch Jammer
Wird wirklich dir von Menschen zugebracht.

Das Leid, das Freund dir oder Feind antut,
Kommt immer nur von Gott her; seinem Willen
Sind aller Menschen Herzen untertan.

Der Pfeil wird zwar vom Bogen abgeschnellt,
Doch weiß der Kluge wohl: nicht war's die Sehne,
Der Schütze selbst war's, der den Pfeil entsandt.

DER REGENTROPFEN

Einst stürzt' ein Regentropfen in das Meer,
Staunen ergriff ihn über den gewaltigen
Umfang der See, und zaghaft dachte er:

„Was bin ich neben dieser stolzen Flut?
Ich muß mich schämen meiner Winzigkeit,
Erbärmlich ist mein Zustand, ich bin nichts."

Da er in solcher Demut ganz zerknirscht war,
Nahm eine Muschel ihn in ihren Schoß auf,
Und Herrliches begab sich dort mit ihm:

Er ward allmählich eine bleiche Perle,
Sanft schimmernd wie das Mondlicht, – und am Ende
Schmückt' er die Stirne einer Königin . . .

Da er so klein war, stieg er auf zur Größe.
Da er voll Demut war, hat ihn das Schicksal
Zu Herrlichkeit und höchstem Glanz bestimmt.

DER LIEBENDE

Da war ein Mann, sanftmütig, edeln Herzens,
Erglüht in Liebe zu dem lieblichsten
Und besten Mädchen. Viele gönnten ihm
Nicht, daß er glücklich war, und Neid und Hohn
Verfolgten ihn, beleidigende Worte
Flogen ihm zu, und einer sprach zu ihm:
„Läßt du dir alles denn gefallen? Sind dir
Gleichgültig Spott und Worte der Verachtung?
Nicht allzu sanft erzeige dich den Menschen,
Man schilt dich ehrlos sonst und feig." Doch jener
Sprach still und lächelnd: „Lieber Freund, so voll
Von unsagbarer Liebe ist mein Herz,
Daß für den Haß kein Raum darinnen blieb."

FREUNDESTREUE

Wenn dir ein Freund erkrankte, – such ihn auf
Und sag ihm Liebes. Du kannst zwar nicht
Die Krankheit heilen, doch sind edle Früchte,
Von Wohlgeruch durchatmet, und Getränke
Voll süßen Duftes so erquickend nicht
Wie Freundestreue, die am reinsten duftet.

DER SCHEIN TRÜGT

Und wenn ein böser Dämon sich ein Zelt
Im Himmel baut, wie es die Heiligen haben,
Er bleibt doch ewig, was er war: ein Dämon.

Wer nur durch seines Turbans edle Seide
Etwas darstellt, – ach, der stellt gar nichts dar:
Ein Schuft bleibt Schuft, auch im Gewand des
Frommen.

VOM WAHREN HERRSCHERTUM

Ein edler König herrschte lange Zeit
Mit klugem Sinn und Milde. Alle waren
Beglückt und seiner schönen Taten froh.

Im hohen Alter sprach zu einem Weisen
Der König mit umflortem Blick: „Mein Dasein
Floß nutzlos hin, nun ist das Ende nah.

Mich dünkt, die Armut ist das höchste Glück,
Ich will ins Kloster gehn und dort in Stille
Der Demut mich und dem Gebete weihn."

Da sprach der Weise, und von edelm Zorn
Erglühten seine Wangen, und sein Aug
Strahlte das Glänzen reinsten Geistes aus:

„O Fürst! Ein Dasein, wundervoll durchlebt
Im hohen Dienst der Menschheit, wie das deine,
Gilt mehr als eines Mönches Bußgewand.

Bewahre deinen Thron, bleib uns ein Herrscher
Von weiser Vorsicht, wie du stets gewesen, –
Ein Mönch magst du an gläubiger Demut sein.

Beschütze Recht und Wahrheit, wie bisher.
Was kümmern dich des Klosters Ordensregeln?
Die Tat geziemt dir mehr als das Gebet.

Bewahre deines Herzens tiefe Reinheit,
Die deinem Volke gilt, – so trägst du heimlich
Des Mönches Kutte unterm Königskleid."

SCHICKSALE

Ein armer Tropf verlor im gelben Sande
Ein Geldstück, und er sucht' es unter Tränen
Und Bittgebeten, doch er fand es nicht.

Drauf kam ein Reicher lachend hergeschritten
Durch Feld und Flur, ein Lied der Freude trällernd,
Und suchte nicht und hob das Geldstück auf . . .

VOM WESEN DER LIEBE

Und wenn der Liebende auf Lanzenspitzen
Hinwandeln müßte, – gerne würd er's tun,
Denn auch für ausgestandne Qual ist dankbar
Der Liebende dem Wesen, das er liebt.

VOM VERKEHR MIT GOTT

Zwiesprache mit dem Herrgott halte, wenn dir
Das Leben leicht ist und das Herz voll Glück.
Wenn du dich erst in Qualen an ihn wendest,
Im Angesicht des Todes, ist's zu spät:
Denn nicht aus gläubigem Herzen rufst du dann.

VERSCHIEDENE AUGEN

Das Auge dessen, der dir übel will,
Wird deines Herzens hellste Tugenden
Doch immer nur als dunkle Laster sehn.

Der Liebende jedoch, wenn du mit Lastern
Beladen bist und hast nur e i n e Tugend,
Sieht deiner Sünden nicht die kleinste Spur.

MÄNNLICHKEIT

Wenn dich der Zorn bezwingt und du die Kraft
Nicht hast, den Leidenschaften zu gebieten,
Bist du noch tief verstrickt in eitel Jugend, –
Sei männlicher, auf daß du weiser wirst.

BELOHNTE WOHLTAT

Einst macht' ein Jüngling einem schwachen Greise
Mitleidig ein Geschenk, so daß der Alte
Sich gut erholte und voll Dankes war.

Nach kurzer Zeit beging der Jüngling, heiß
Durch Zorn erregt, ein törichtes Vergehen,
Und das Gericht verdammte ihn zum Tod.

Da nach dem Richtplatz sich die Massen wälzten,
Sah auch der Greis den unbedachten Jüngling
Geneigten Haupts zwischen den Schergen gehn.

Und da er seinen Wohltäter erkannte,
Stand er von Schmerz und Mitleid überwältigt,
Schnell kam ihm ein Gedanke, und er schrie:

„O Volk! Geliebte Brüder! Schreckliches
Ist uns geschehn! Der Sultan ist gestorben!
Soeben starb er, groß und ruhmgekrönt!"

So rief er, rang verzweifelt seine Hände,
Die Massen hörten's, glaubten seinen Worten,
Und zum Tumulte ballte sich die Schar.

Wehklagend strömte alles durcheinander,
Die Schergen auch wehklagten durch die Gassen,
Und an die Richtstatt dachte keiner mehr.

Man eilte zum Palast des Sultans. Staunend
Vernahm der Herrscher den Tumult. Er thronte
Wie immer ruhig in der Weisen Rat.

Da lief man hin und holte statt des Jünglings,
Der längst entlaufen war, den Greis herbei,
Und also rief der Sultan, zornentflammt:

„Wie kannst du dich erdreisten, frecher Lügner,
Dem Volke meinen Tod zu künden? Nenne
Den Grund für dieses unverfrorne Tun!“

Darauf der Greis, gelassen wie ein Held:
„Verzeiht! Der Tod, den ich euch angedichtet,
Schenkt’ einem andern Menschenkind das Leben.“

Und dann erzählt’ er. Und der Sultan hörte
Ihn schweigend an, und er entließ ihn lächelnd
Und blickte seinen Schritten sinnend nach.

Der Jüngling war indes voll Angst und Qualen
Herumgeirrt. Als nun ein Freund ihn fragte,
Was ihn vom Henkertod errettet habe,

Sprach er beglückt, noch wankten ihm die Knie:
„Die kleine Gabe, die ich fremdem Kummer
Zur Linderung gab, hat mich vom Tod befreit.“

BEFÜRCHTUNG

Mit jedem Tag seh ich dich herrlicher
Erblühen, meine Augen sind schon ganz
Verwirrt. Ich werde dich zum Kadi bringen,
Du Leuchtende, daß meiner Brust die Ruhe
Du auf Geheiß des Richters wiedergibst, –
Ich fürchte nur, daß auch das Herz des Kadi
Du so gefangen nimmst, daß Recht zu sprechen
Er nicht vermag, aus Leidenschaft zu dir!

DIE PARABEL VOM DERWISCH

Ein Derwisch fand dereinst im Feld ein Füchslein,
Das ohne Beine war. Der Derwisch dachte:
„Wie macht es Gottes Güte, daß er lebt?
Wie findet Nahrung dieses arme Tier?“

Da sah er staunend, daß ein junger Löwe
Herbeischlich: in dem Rachen schleppt’ er einen
Schakal, den er zerriß und fraß. Das Füchslein
Bekam die Reste: davon wurd es satt.

Am nächsten Tag sah es der Derwisch wieder:
Der Löwe kam mit der gewohnten Beute,
Der Fuchs genoß den Rest in guter Laune,
Und tief erleuchtet fühlte sich der Derwisch:

„Das ist das wahre Dasein!“ dachte er,
„Daliegen wie der Fuchs und Gott vertrauen,
Der alles führt zum Besten.“ – Und er legte
Die Hände in den Schoß und wartete . . .

Er wartete, daß Gott ihm Trank und Speise
Zubrächte, – doch es kam kein Bote Gottes,

Der Derwisch hungerte und ward so elend,
Daß nur noch Haut und Knochen schien sein Leib.

Da, als vor Schwäche ihm die Sinne schon
Zu schwinden drohten, hört' er eines Abends
In seiner Zelle eine ernste Stimme,
Die sprach, und er vernahm es mit Beschämung:

„Du Fauler! Schlecht begriffest du das Beispiel,
Das Gott dir gab. Es hätte dir geziemt,
Zu werden wie der Löwe, der die Beute
Herbeischleppt und dem Schwachen übrig läßt.

Statt dessen hat sich dein gesunder Körper
Der Faulheit hingegeben. Daß du krank wardst,
Geschieht dir recht. Auf! Werde wie der Löwe,
Dann naht sich dir das Glück, das du ersehnst."

WORTE DES SCHÄDELS

Ein Schädel, bleichend an des Tigris Ufer,
Sprach so zu einem Wandrer, der vorbeiging:

„O Mensch! Einst lag ein königliches Leuchten
Um meine Stirn, die eine Krone trug.
Ein Thron gehörte mir, ich schritt im Glück,
Umrauscht von Siegen, zwang ich die Provinzen,
Die Störrischen, in meine Macht, ich strebte
Dem Höchsten zu, – da plötzlich kam der Tod,

Die Würmer haben grausam mich zernagt,
Nun lieg ich modernd, ungeehrt, verlassen,
Bedenke dies, o sterblicher Genießer, –
Von einem wurmzerfressnen Schädel nimm
Die Weisheit an, du übermütiger Tor!“

FRÜHLINGSBILD

Nun prangen alle Bäume in Gewändern
Aus schimmerndem Smaragd, gleich schönen
Frauen,
Die ihre reichsten Kleider legten an.
Die Nachtigallen rufen aus den Zweigen
Verliebt, und auf den roten Rosen glänzen
Tautropfen, so wie Tränen auf den Wangen
Der reizendsten Geliebten, die erzürnt ist,
Doch auch bereit, sich lächelnd zu versöhnen.

ZU SPÄT

Ein liederliches Menschenkind, das gottlos
Sein Dasein zugebracht, tat einen Schwur,
Als es das rauhe Nahn des Todes fühlte:

„O großer Gott!“, so rief der Sterbende,
„Ich preise dich und ich bekenne mich
Zu deiner Macht, und nie mehr tu ich Sünde!“

Du k a n n s t nicht weiter Sünde tun, o Narr!
Im Angesicht des Todes ist die Reue
Bequem. Stirb! Und belüge dich nicht selbst!

LEHRE

Du möchtest nicht geknechtet sein von denen,
Die stärker sind als du? So zeige dich
Nur immer mild und gütig gegen Schwache.

Bist du voll Angst, vom Fuß des Elefanten
Qualvoll zermalmt zu werden: so vermeide,
Mit eignem Fuß zu töten das Gewürm.

AN DIE GELIEBTE

Geliebte du, mit meiner Seele ganz
Verwachsen: was mir deine Laune zuträgt,
Ob hold ob böse, ich bin stets beglückt.

Du süßer Morgenvogel, früh erwachter!
Wie frisch du bist! Doch ich bin müd und traurig,
Ich schlief vor Sehnsucht nicht die ganze Nacht.

WILLE DES SCHICKSALS

Ihr fragt: „Wie kannst du so beharrlich immer
Dem gleichen Mädchen folgen, das dich abweist?
Wie lange willst du noch, daß man verachtend
Mit Fingern auf dich zeigt? Ermanne dich!“

Was soll mir Euer Ratschlag, kluge Freunde?
Ich folg ihr nicht, – das Schicksal treibt mich zu ihr!

LOB DES SCHWEIGENS

Sei wie der Berg. Trag schweigend deine Last.
Dann wird dein Haupt in goldnen Wolken
schimmern,
Stolz, unnahbar, dem Berge gleich.

Sei wie die Muschel. So wie sie die Schale
Für Perlen öffnet, öffne deine Lippen
Für Worte nur, die Perlen sind.

Wie man den Stoff erst mißt, eh man ihn schneidet,
So sei dein Wort gemessen und durchdacht,
Eh es hinausströmt in die Welt.

Sprich klug und sicher, aber wenig, Freund.
Besser, du hältst ein Körnlein Gold in Händen
Als beide Arme voller Streu.

Besser, dein Arm wirft e i n e sichre Lanze
Scharf treffend in das Ziel als hundert Lanzen
Ins Blaue um das Ziel herum.

Ein Tummelplatz des Geistes sei dein Haupt:
O halte die Gedanken fest im Zaum,
Daß sie nicht fliehen unbedacht!

UNGERÜHRT

Wenn von den Felsenhöhn im Glanz des Frühlings
Der Gießbach niederstürzt, so lockert sich
Das Felsgestein und wandert mit zu Tal.

Aus meinen Augen stürzten Tränenbäche
Verzweiflungsvoll hinab, geweint aus Liebe, –
In deinem Herzen hat sich nichts gelockert.

VERSCHMÄHTE LIEBE

Wenn du nicht lebtest, wäre mir die Welt
Zu öde und zu einsam; siehe, ich
Knie hin vor dir, du aber schämst dich meiner.

Ich möcht in Frieden mit dir leben, aber
Dein Ruf ist: Krieg! Schlägt dir ein Herz im Busen,
Oder ward dir ein Stein dort eingepflanzt?

LOB DER ARMUT

Sei wahrhaft klug: häuf keine Güter auf,
Denn deine Seele wird dadurch nur ärmer.
Dereinst ward mir ein Silberling zu eigen, –
Wie hatt ich Sorge da um meinen Beutel,
Vor Dieben war ich ängstlich auf der Hut.
Doch kam mir ein Entschluß durch Gottes Güte:
In weitem Bogen schleudert ich die Münze
Hinweg, – und wieder freier durft ich atmen,
Und schöne Ruhe zog in meine Brust.

SCHICKSALE

Die Reichen, die im Überschwang der Lust
Durchschwärmen Tag und Nacht: sie wissen
nicht,
warum die Bettler jammern an der Straße.

Im Eufrat fließt die kühle Silberwelle.
Weh! In der fernen Wüste hingesunken,
Sehnt sich ein Mensch nach ihr, und er
verschmachtet.

VOM REGIEREN

Regieren will nicht heißen: mit Gewalt
Das Volk bedrohen. Niemals ward ein Wolf
Geschaffen, einer Herde Hirt zu sein.

Töricht der König, der, berauscht von Herrschsucht,
Die Liebe seiner Untertanen tötet:
Ein frühes Grab gräbt er der eignen Macht.

VERGEBENE MÜHE

Wenn auch der Himmel über Baum und Blume
Die Lebenskraft des Regens strömen läßt,
Niemals wird es dem Weidenbaum gelingen,
Zu tragen süße Früchte im Geäst.

Mit einem Menschen, dessen Busen leer ist,
Vermeide deine Tage zu verbringen:
Aus schlechtem Schilfrohr Zucker zu bereiten,
Wird auch der tiefsten Weisheit nicht gelingen.

DER TOTE FEIND

Zwei Männer, die in bittrer Feindschaft lebten,
Vermieden es, daß ihre Wege sich
Begegneten, weil sie sonst haßerfüllt
Sich angefallen hätten wie die Tiger.

Nun starb der eine, niemals wieder glänzte
Der Tag ihn an, er war für ewig hin.
Das Herz des andern füllte sich mit Wonne
Und lachendem Triumph. Nach einigen Wochen
Schritt er am Grabe seines Feinds vorbei
Und sah die Ruhestatt mit Lehm verschlossen
Und dachte hämisch an den goldgeschmückten
Palast, der einst dem Lebenden gedient.
Und so abscheulich regte sich die Rache
In ihm, daß er, des Feindes Grab zu schänden,
Den Stein hinwegriß, der die Leiche freigab.

Was er da sah, war furchtbar: wurmzerfressen
Die Augen in dem Totenschädel, die
Doch einst so klar und hold geglänzt, entsetzlich
Verfault das Haar, entstellt der ganze Körper,
Durchwimmelt von Gewürm, die Luft verpestend,
Ein Graun, das Ganze ... Und der Lebende

Ward von Entsetzen und Erbarmen so
Durchschüttelt, daß er reuig niederkniete
Und bittre Tränen auf die Grabstatt weinte,
Die er mit zitternden Händen wieder schloß . . .

Dann schritt er heim, verwandelten Gemütes,
Und diese Worte ließ durch einen Maler
Er auf des Grabes Felsenplatte setzen:
„Empfinde niemals Freude bei dem Tode
Des Andern, denn es währt nur kurze Zeit,
Daß du verfault und hilflos liegst wie er."

ERFAHRUNG

Im Lenze meiner Jugend war ich kräftig
Wie wenige, und mancher Schwache wurde
Von mir durchbläut mit rücksichtsloser Hand.

Dann, als ich älter ward, hat eines Tages
Ein Stärkerer mich durchgewalkt. Da stutzt ich, –
Und niemals schlug ich einen Schwachen mehr.

GEWISSHEIT

Einst fragt ich einen Derwisch: „Wenn man dich
Mit einem ganz besonders hübschen Mädchen
In eine Zelle sperrt, – bist du imstande
Der Anfechtung der Sinne kühl zu trotzen?“

Darauf der Derwisch: „Ob ich meinen Sinnen
Erliegen würde, weiß allein der Himmel.
Dies aber weiß ich sicher: ich erliege
Der hämischen Verleumdung dieser Welt.“

DIE BEIDEN ARABER

Ein Araber, der immer Reichtum nur
Und Glück gekannt, ward eines Tags so arm,
Daß er nicht mehr imstand war, ein Paar Schuhe
Zu kaufen, die er doch so nötig brauchte.
Er jammerte, verzweifelt und verstört,
Da fiel sein Auge plötzlich voll Erstaunen
Auf einen andern Araber, der keine
Füße hatte und an Krücken schlich.
Wie löste die Verbitterung sich da
Im Blick des Zornigen, indes er dachte:
„Mir fehlen nur die Schuhe, ihm die Füße, –
Was zürn ich denn? Ist denn mein Los so
schlimm?“

DER EITLE KNABE

Als Knabe las ich in dem Kreis der Meinen
Gebete aus dem Koran vor. Nach einer
Weile bemerkt ich mit verdrossnem Sinn,
Daß meine Brüder, hingelehnt auf ihre
Polster, entschlummert waren. Also sagt ich
Zu meinem Vater: „Sieh, sie sind entschlafen,
Ich aber bete . . ." Darauf sprach der Alte,
Das Auge kummervoll auf mich gerichtet:
„Wär es nicht besser, wenn du gleichfalls schliefest,
Statt eitel dich zu rühmen, daß du betest?"

UNBERÜHRT

Die Fledermaus verlangt nach Sonne nicht,
Sie schilt das goldne, ärgerliche Licht.
Schilt auch der Fledermäuse ganzer Chor:
Die Sonne bleibt doch herrlich wie zuvor.

WENN ZWEI DAS GLEICHE TUN …

Wenn als Geschenk du vor des Herrschers Thron
Den zarten Schenkel eines Heuschrecks legst,
So ist dein Tun Beleidigung und Hohn.

Wenn eine Ameise, die höchste Kraft
Aufbietend ihres Leibes, das Gleiche tut,
So ist es rührend und bewundernswert.

NUR PERLEN

Ein Pilger hatte in den heißen Gründen
Der Wüste sich verirrt. Schon eine Woche
Wankt' er umher, er wurde immer müder
Und sah verzweiflungsvoll den Hungertod
Sich nahn. Da, eines Tages, kaum noch fähig,
Sich aufrecht zu bewegen, kam er an
Einen der Brunnen, wo die Karawanen
Ihre Kamele tränken. Eine Tasche
Aus Leder sah er liegen. Zitternd hob
Er sie empor. „O Allah!" jauchzte er,
„Wenn Datteln oder Nüsse darin wären!"
Er öffnete – und ein Entsetzensschrei
Entrang sich seinem Munde. Keine Datteln,
Nein, märchenhafte Perlen leuchteten
Entgegen ihm. Der Arme stammelte:
„Auf Datteln hofft ich – und es sind nur Perlen . . ."

Die schimmernden Kleinodien in den Händen,
Sank der Unselige dahin und starb.

DIE ZWEI STERNDEUTER

Ein eitler Geck, Sterndeuter von Beruf,
Doch mehr von Hochmut als von Kunst erfüllt,
Naht' eines Tages aus entlegenem Land
Sich einem edeln, vielverehrten Meister,
Ihm heimlich seine Weisheit abzusehn.
Der Weise aber ließ den Toren schwatzen,
Er unterwies den Bittenden in nichts
Und sprach zu ihm, der unwirsch und so unklug
Wie er gekommen, wieder scheiden mußte:
„Du Irrender hältst dich für groß und weise, –
Wie könnt ich einen Krug, der schon gefüllt ist,
Daß er fast überläuft, noch voller machen?
Da du so reich an Hochmut zu mir kamst,
Magst du dich arm an Wissen von mir wenden.
Kehr einst an Hochmut arm zu mir zurück,
So wirst du reich an Wissen heimwärts ziehn!."

UNGESTILLTE SEHNSUCHT

Ich war bei Nacht in ausgelassenem Kreise,
Gesang erscholl, der Wein war ohne Tadel,
Ich gab mich frei, mein funkelnd Wortgeplänkel
Bezauberte die übermütige Schar, –
Da plötzlich hob sich in mir eine Stimme:
„Sei still, o Herz! Die Lust hat ihre Grenzen,
Schon morgen wird dich die Erkenntnis schmerzen,
Daß Sehnsucht ungestillt bleibt bis zum Tod.“

VOM UMGANG MIT KÖNIGEN

Dem Könige sich widersetzen, heißt:
Im eignen Blut die eignen Hände waschen.
Wenn dir der König sagt am hellen Mittag:
„Sieh, tiefe Nacht umgibt uns“, – so entgegne:
„Ja, Mond und Sterne sind heraufgezogen,
Verdunkelt liegt die Stadt mit ihren Gärten,
Die Sonne ist entwichen, es ist Nacht.“

RÄUBER UND BETTLER

Ein Räuber, der in Fesseln schmachtete,
Hörte die Klagen eines Bettlers, der
Dem Schicksal grollte, weil es ihm beschied,
Mit leeren Händen durch die Welt zu wandern.

Da rief der Räuber, Ärgernis im Herzen:
„Du Undankbarer! Was beklagst du dich?
Danke dem Herrn, daß deine Hände leer sind
Und nicht voll harten Eisens wie die meinen . . .“

ANBLICK DER GELIEBTEN

Im Kleid der Frommen schritt ich in die Kirche,
Mein Blick hing am beredten Mund des Priesters,
Mein Ohr nahm seine Rede dankbar auf.

Da sah mein Aug die schlankste der Zypressen, –
Wohin schwand nun des Priesters fromme Weisheit?
Wohin war meine Andacht nun verweht?

FLUCH

Lob sei und Preis dem Kühnen, der ein Herz
Sich lachend raubt. Lob sei und Preis dem Guten,
Der liebevoll sein reiches Herz hinwegschenkt.

Wer aber nicht zu lieben weiß und nicht
Geliebt sein will, sei tausendmal verflucht!
Kein Platz gebührt dem Buben in der Welt.

FREUNDESPFLICHT

Das ist das Wesen wahrer Freundschaft nicht,
Wenn du mein töricht-lasterhaftes Tun
Mit Lob erhebst als sei es edle Tugend.

Nein, wenn ich Böses tu, hast du die Pflicht,
Da du mein Freund bist, ernstlich mich zu schelten,
Wie du den schlimmsten deiner Feinde schiltst.

UNMÖGLICH

Eins ist unmöglich: Deine Gunst gewinnen.

Den Mond herniederholen scheint mir einfach;
Den Ketzerstuhl der Christenheit von Rom
Verpflanzen nach Damaskus, scheint mir einfach;
Am Morgen das Gebet zu Allah schicken,
Das er zur Nacht erwartet, scheint mir einfach.

Eins ist unmöglich: Deine Gunst gewinnen.

DIE WAHRE LIEBE

Wer jedem hübschen Mädchen tändelnd nachsieht,
Kann in der Achtung derer, die ins Wesen
Der Liebe eingedrungen, nicht gewinnen.

Der Kadi zwar gestattet die Verbindung
Mit vielen Frauen; doch der wahre Glaube
Der Liebe kennt nur e i n geliebtes Herz.

GELEITWORT
ÜBERSICHT
ANHANG

GELEITWORT

Sa'di, in dessen Werken sich die didaktische Poesie der Perser am reinsten verkörpert, gehört zu dem leuchtenden Siebengestirn der persischen Dichtung; die sechs anderen Sterne heißen: Firdausi, Enweri, Nisami, Rumi, Hafis und Dschami.

Sa'di wurde etwa 1184 nach der Zeitenwende zu Schiras geboren, studierte einige Jahre auf der damals weltberühmten Gelehrtenschule zu Bagdad und begab sich dann für Jahrzehnte auf weite und abenteuerliche Reisen nach Indien, Arabien, Syrien, Ägypten, auch heißt es, daß er vierzehnmal an Pilgerfahrten nach Mekka teilgenommen habe. Er wurde in der Wüste bei Jerusalem von Franken festgenommen und gezwungen, an den Befestigungsarbeiten von Tripolis teilzunehmen. Hier erkannte ihn ein Vornehmer, kaufte ihn für zehn Goldstücke los und gab ihm seine Tochter zur Frau. Die Ehe wurde unglücklich, und Sa'di ging von neuem auf ausgedehnte Wanderungen. Endlich kehrte er nach seiner Vaterstadt Schiras zurück und gab seinen beiden Hauptwerken, dem "Bostan" (Fruchtgarten) und dem "Gülistan" (Rosengarten) in den Jahren 1257 und 1258 ihre endgültige Gestalt. Er verbrachte die Tage des Alters in Schiras, genoß nicht nur den Ruhm eines gefeierten Dichters, sondern wurde auch wie ein Heiliger verehrt und soll erst im Alter von 102 Jahren gestorben sein. Man zeigt sein Grab in Schiras, wo ja auch Hafis begraben liegt. Die Gräber der beiden Dichter werden wie Wallfahrtsstätten gepflegt und verehrt. In Sa'di lieben die Perser einen ihrer größten Ethiker, einen innigen Verfechter der schönen Menschlichkeit, in dem sich Weltweisheit und eine tiefe Sittlichkeit mit der heiteren Liebe zum Dasein einen.

Dies kleine Buch gibt Stücke aus dem „Bostan“ und dem „Gülistan“ wieder, auch die Spruchsammlung „Rat für Könige“, die teils in Prosa, teils in Versen niedergeschrieben ist, wurde herbeigezogen. Als Vorlagen für die Nachdichtungen dienten die Vers- und Prosatexte alter deutscher und französischer Orientalisten: Friedrich Rückert, Wilhelm Bacher, O. M. von Schlechta-Wßehrd, K. H. Graf, Philipp Wolff, Georges Frilley.

HANS BETHGE
(Datum unbekannt)

ÜBERSICHT

Die tiefere Betrachtung.

Nach schönen Frauen blickt mein Aug mit Wonne,
In ihren Mienen webt ein holder Schimmer
Der Gottheit. Deinem Haupt und meinem Haupt
Ward eingepflanzt ein schönes Augenpaar:
Dir dient es nur, die Schöpfung zu betrachten, —
Ich seh den Künstler, der das Werk erschuf.

I. Über Hans Bethge

Hans Bethge wurde am 9. Januar 1876 in Dessau (Anhalt) geboren. Der Sohn aus einer Landwirtsfamilie studierte neuere Sprachen und Philosophie in Halle, Erlangen und Genf. Nach der Promotion arbeitete er knapp zwei Jahre in Spanien als Lehrer. 1901 ließ er sich als freier Schriftsteller in Berlin nieder. Ab 1898 veröffentlichte er mehrere Gedichtbände – empfindsame und stimmungsvolle Liebes- und Naturlyrik. Es folgten Ausgaben von Tagebüchern, Novellen und Erzählungen, Essays und Dramen. Weitere Angaben sind in der Biographie seines Neffen Eberhard Gilbert Bethge enthalten, die im Oktober 2002 in diesem Verlag wieder aufgelegt wird.

Hans Bethge war ein Mensch der Freundschaften und offen für alles Schöne. Viele Literaten und Künstler seiner Zeit zählten zu seinen Freunden. Der Jugendstilmaler Heinrich Vogeler und andere Künstler des Worpsweder Kreises gehörten dazu. Vogeler hat drei Bücher Hans Bethges mit Buchschmuck versehen. Der Maler und Bildhauer Wilhelm Lehmbruck hat ihn mehrfach porträtiert.

1906 gab Hans Bethge die Anthologie „Deutsche Lyrik seit Liliencron“ heraus, die zahlreiche Auflagen erlebte. Hans Bethge setzte sich nicht nur für die Werke zeitgenössischer Schriftsteller- und Dichterkollegen ein. Mit der „Chinesischen Flöte“ begann er 1907 die Reihe seiner Nachdichtungen

HANS BETHGE
1876 - 1946
(Aufnahme von 1942/43)

orientalischer Lyrik. Wie Goethe, Rückert, Hermann Hesse und Richard Wilhelm gehört Hans Bethge zu denjenigen, die dem deutschsprachigen Kulturkreis die Schätze der orientalischen Dichtkunst und Weisheit vermittelt haben. Bethge konnte kein Chinesisch, kein Arabisch und kein Persisch und keine andere orientalische Sprache. Und doch hat er, ein Reisender in Tat und Geist, den Gehalt der östlichen Dichter wie kaum ein anderer erfaßt und in Ton, Klang und rhythmischer Musikalität zum Ausdruck gebracht. Die Resonanz auf seine Nachdichtungen war außerordentlich. „Die Chinesische Flöte“ und auch die spätern Nachdichtungen japanischer, indischer, persischer, türkischer, armenischer und arabischer Lyrik wurden bis in die achtziger Jahre immer wieder aufgelegt. Als eigenständige Neuschöpfung wurde „Die Chinesische Flöte“ ins Holländische und Dänische übersetzt. Gustav Mahler bewegte das darin enthaltene Gedicht Li-Tai-Pos „Vom Jammer der Erde“ so sehr, daß er es mit sechs weiteren Gedichten aus dem Band zur Grundlage seines „Lied von der Erde“ machte. Viele andere Komponisten wie Schönberg, von Webern, Richard Strauß, Eisler, Szymanowski haben die Nachdichtungen Hans Bethges vertont. Im einzelnen gibt es über einhundertdreißig Nachweise.

1943 flüchtete Hans Bethge vor den Bomben und Luftschutzkellern ins Schwäbische, nach Kirchheim unter Teck, wohin ihn ein naher Freund eingeladen hatte. Von langer Krankheit erschöpft, starb er in Göppingen am 1. Februar 1946. Sein Grab befindet sich in Kirchheim unter Teck. Dort werden in einer ständigen Ausstellung im Max-Eyth-Haus Hans Bethges Bücher, Fotos und andere Lebenszeugnisse gezeigt. Das deutsche Literaturarchiv in Marbach pflegt seinen literarischen Nachlaß.

Mit Beginn der 'revolutionären sechziger Jahre' des zwanzigsten Jahrhunderts wurde die innerliche, leise Stimme der Poesie von politischen Parolen und 'gesellschaftlich relevanten Texten' übertönt. Dem hundertsten Geburtstag Hans Bethges 1976 schenkten die deutschen Medien nur wenig Aufmerksamkeit. Hervorzuheben ist eine Gedenksendung des Schweizer Rundfunks, in der Bernhard Minetti die Gedichte Hans Bethges rezitierte. Noch immer wird Hans Bethge der Vorwurf gemacht, daß er seine Nachdichtungen nicht aus den Originalsprachen übersetzt, sondern an Hand englischer oder französischer Vorlagen verfaßt hat. Hans Bethges „Nachdichtungen" sind jedoch weit mehr als bloße Übertragungen fremdsprachlicher Texte. Seine Verse sind kongeniale poetische Anverwandlungen und eigenständige Neuschöpfungen.

Im Jubiläumsjahr 2001 will der YinYang Media Verlag allen Interessierten Gelegenheit geben, sich ein eigenes Bild von der Qualität der Bethgeschen Nachdichtungen zu machen. Diese Erstausgabe ist zugleich eine Einladung, die Schönheit der orientalischen Lyrik wieder oder neu zu entdecken.

II. Nachwort zur Neuherausgabe der Nachdichtungen Hans Bethges

Im August 1977 entdeckte ich im Wühltisch eines Frankfurter Buchantiquariats ein kleines Bändchen, gebunden in verschlissener roter Seide. Einen solchen Einband hatte ich noch nie gesehen. Ich schlug das Büchelchen auf: Ein Inselband in Doppelblockbindung aus den zwanziger Jahren zum Preis von zehn Mark. Es war Hans Bethges: „Hafis. Die Lieder und Gesänge des Hafis", Nachdichtungen persischer Lyrik. Ob mir Hafis und Hans Bethge (über Mahlers „Lied von der Erde") damals schon ein Begriff waren, weiß ich nicht mehr. Aber mich entzückte die seltene Mischung aus liebestrunkenen Versen, tiefer Frömmigkeit und frechen Seitenhieben auf die "überfrommen Pfaffen", die vom Leben keine Ahnung haben.

Ich erstand das Bändchen und trug es wie einen Schatz glücklich nach Hause. In den späteren Jahren stöberte ich weitere drei Exemplare der schönen alten Inselbändchen mit Hans Bethges Nachdichtungen orientalischer Lyrik auf. Ich erkannte sie am gleichen Format, auch wenn sie nicht mehr seidengebunden, sondern mit einem schmuckverzierten Pappdeckel versehen waren. Darunter befand sich auch die hier wieder aufgelegte „Chinesische Flöte". Immer wieder überraschte mich in den alten Bänden die taufrische Sprache, die Lebendigkeit des Gefühls und die Offenheit und Weite des Denkens der ausgewählten Dichter.

Es war mir darum eine große Freude und Ehre, als die Erbengemeinschaft Hans Bethges, vertreten durch Eberhard Gilbert Bethge, im Dezember 2000 bei mir anfragte, ob ich die Nachdichtungen Hans Bethges in meinem noch jungen Verlag wieder herausbringen wollte. Ich habe mit Freuden zugesagt.

Mit der Wiederveröffentlichung der Nachdichtungen orientalischer Lyrik Hans Bethges, noch dazu in seinem Jubiläumsjahr, dem125. Geburtstag und 55. Todestag, möchte ich allen Gedichteliebhabern und Lesern orientalischer Literatur diese kongenialen Übertragungen wieder zugänglich machen. Sie sind für uns Abendländer wunderbar geeignet, den inneren Zugang zu anders denkenden und fühlenden Kulturen zu finden. Ebenso ist es mir ein Anliegen, den aus den orientalischen Regionen zugezogenen Mitbürgern und ihren Kindern die Schätze ihrer Dichtkunst und Kultur auch in der neuen Sprache zu erhalten.

Und mehr noch: In Hans Bethges schlicht gehaltener, fein durchrhythmisierter Sprache, im liedhaften Ton seiner Gedichte werden alle Begrenzungen von Orient und Okzident aufgehoben – seine Gedichte vereinen vollendete Form mit einer inneren Tiefe, die direkt zum Herzen der Leser spricht.

III. Anmerkung zur Erstausgabe von „Sa'di der Weise“

Die vorliegende Nachdichtung der Verse Sa'dis hat Hans Bethge zu Beginn der Vierziger Jahren des vorigen Jahrhunderts verfaßt, also während des Zweiten Weltkriegs und unter der Herrschaft des Naziregimes. In Sa'di findet er einen verwandten Geist: einen empfindsamen Liebeslyriker und einen Mann von weitem Horizont und kritischem Verstand, der in seinen Versen und Sprüchen den Zeitgenossen und den Königen und Sultanen den Spiegel ethischen Verhaltens und Regierens vorhält.

Hans Bethge konnte zu seinen Lebzeiten die Verse Sa'dis nicht mehr veröffentlichen. Das Typoskript aus seinem Nachlaß läßt nicht erkennen, ob die vorliegende Fassung die letzte und endgültige sein sollte. Schönheit und Gehalt der Sprache Hans Bethges sprechen für sich selbst.

Regina Berlinghof
im Juni 2001

IV. Verzeichnis der Abbildungen

vor dem Textteil:

nach dem Textteil

auf dem Umschlag

Das türkische Liederbuch **2002 erschienen:**

1913 gab Hans Bethge in seiner Reihe Nachdichtungen orientalischer Lyrik die Liebesgedichte der Türken des osmanischen Reiches heraus. Die ersten Gedichte dieses Bandes – beginnend mit Fuzuli aus dem 16. Jahrhundert – waren noch in der damals gültigen literarischen persischen Hochsprache verfaßt. Erst im 19. Jahrhundert brachen die jungtürkischen Erneuerer mit der Tradition, besannen sich auf ihre eigene Muttersprache und suchten nach einer eigenen lyrischen Ausdrucksform.

Hans Bethge - Biographie **neu im Oktober 2002:**

Der Neffe Hans Bethges gibt in seiner Biographie Einblick in Leben und Werk des Dichters. Hans Bethge war mit vielen Künstlern seiner Zeit befreundet, darunter auch mit Wilhelm Lehmbruck und Heinrich Vogeler, einem der Mitglieder des Worpsweder Kreises. Hans Bethge, 1876 in Dessau (Anhalt) geboren, studierte moderne Sprachen. Mit zweiundzwanzig Jahren trat Bethge mit dem Gedichtband „Die stillen Inseln“ an die Öffentlichkeit. Weitere Lyrikbände sowie Reisetagebücher, Essays und dramatische Werke folgten. Er lebte als freischaffender Schriftsteller und Redakteur in Berlin. Reisen in Europa, ein längerer Arbeitsaufenthalt in Spanien und eine Reise nach Ägypten bilden den Hintergrund für Bethges weiten Blick in den Orient. „Deutschland ist mein Vaterland, Europa ist mein Gartenreich, die Welt ist meine Wiese.“

Die indische Harfe **neu im Oktober 2002:**

Beginnend mit den Gesängen des großen Dichters Kalidasa versammelt Hans Bethge in der “Indischen Harfe” eine Auswahl der schönsten Liebesgedichte und Lieder früher indischer Dichter, darunter auch Verse und Sprüche aus den heiligen Büchern und Epen: aus den Upanishaden, dem Mahabharata und dem Pantschatantra.

In Hans Bethges schlicht gehaltener, fein durchrhythmisierter Sprache, im liedhaften Ton seiner Nachdichtungen werden alle Begrenzungen von Orient und Okzident aufgehoben – seine Gedichte vereinen vollendete Form mit einer inneren Tiefe, die direkt zum Herzen der Leser spricht.

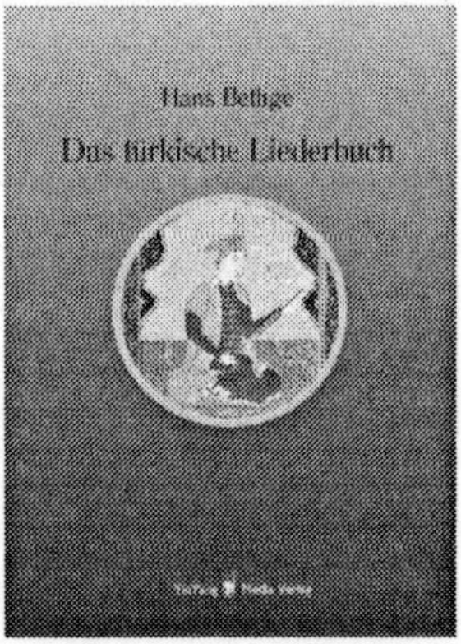

Hans Bethge

Das türkische Liederbuch

Nachdichtungen
türkischer Lyrik

3. Auflage seit 1913
146 S., br.,
EUR 12,50
ISBN: 3-9806799-7-7

Eberhard Gilbert Bethge

Hans Bethge

Biographie
(mit Hans Bethges "Selbstporträt" von 1926, dem „In Memoriam“ von Ernst Rathenau und aktualisierten bibliographischen Angaben)

3. erweiterte und ill. Auflage seit 1980, 177 S., br., EUR 12,90
ISBN: 3-9806799-9-3

Hans Bethge

Die indische Harfe

Nachdichtungen
indischer Lyrik

4. Auflage seit 1913
155 S., br.,
EUR 12,50
ISBN: 3-9806799-8-5

bereits erschienen:

Hans Bethge
Die chinesische Flöte

Nachdichtungen
chinesischer Lyrik

20. Auflage seit 1907
150 S., kt.,
EUR 12,50
ISBN: 3-9806799-5-0

"In Bethges zeitlos schönen Nachdichtungen sind der lyrische Zauber und die Musikalität chinesischer Poesie unverändert zu spüren."

Das neue China, Heft 4, 2001

Li Tai Pos Verse zwischem melancholischem Schmerz, Trunkenheit und heiterem Übermut gehören zu den schönsten Gedichten der Weltliteratur. Zusammen mit den Gedichten seines Zeitgenossen Thu Fu (klassische Tang Zeit) bilden sie das Zentrum der vorliegenden Ansammlung chinesischer Lyrik aus über drei Jahrtausenden. 1907 veröffentlichte Hans Bethge den ersten Band seiner Nachdichtungen orientalischer Lyrik. Die Resonanz war außerordentlich. „Die chinesische Flöte" erlebte zahlreiche Auflagen. Der liedhafte Ton, die musikalisch-rhythmische Sprache Hans Bethges hat nicht nur die Leser bezaubert, sondern viele Komponisten zu Vertonungen seiner Gedichte angeregt. Herausragendes Beispiel ist Gustav Mahler, der sieben Gedichte der „Chinesischen Flöte" zur Grundlage seines „Liedes von der Erde" gemacht hat.

Vorschau:

Hans Bethge:
Nachdichtungen orientalischer Lyrik:

Band 2: **Die Lieder und Gesänge des Hafis**
Nachdichtungen der Lieder und Gesänge des Hafis
ISBN 3-935727-03-8, *März 2004*

Band 4: **Arabische Nächte**
Nachdichtungen arabischer Lyrik
ISBN 3-935727-05-4, *Oktober 2004*

Band 7: **Pfirsichblüten aus China**
Nachdichtungen chinesischer Lyrik
ISBN 3-935727-06-2, *März 2005*

Band 8: **Omar Khayyam***)
Nachdichtungen der Sprüche des persischen Dichters Omar Khayyam
ISBN 3-935727-01-1, *Oktober 2003*

Band 9: **Die armenische Nachtigall***)
Nachdichtungen der Lieder des Nahabed Kutschak und anderer armenischer Dichter,
ISBN 3-935727-02-X, *Oktober 2003*

Band 10: **Der asiatische Liebestempel**
Liebeslieder asiatischer Völker in Nachdichtungen
ISBN 3-935727-04-6, *Oktober 2004*

Band 11: **Der persische Rosengarten**
Nachdichtungen persischer Lyrik.
ISBN 3-935727-07-0, *Oktober 2005*

*) Mit Überarbeitungen und Ergänzungen aus dem Nachlaß Hans Bethges

Zu Goethes
250. Geburtstag:

Hafis
Der Diwan

Die Gedichte des
größten persischen
Dichters

„Nun töne Lied mit eignem Feuer!
Denn du bist älter, du bist neuer!“

1813 entdeckte Goethe die Gedichte Hafis' und anderer orientalischer Dichter. Das Feuer, das ihm aus den Worten des größten persischen Dichters entgegenschlug, entzündete Goethes dichterische Phantasie und riß den Vierundsechzigjährigen zu glutvollen Liebesgedichten und Nachdichtungen hin. Im Wetteifern mit der verwandten Zwillingsseele aus einem anderen Jahrhundert und einer anderen Kultur entstand in einem neuen Schaffensrausch der „West-Östliche Divan".

Zu Goethes 250. Geburtstag im Jahre 1999 erschienen die Gedichte und Lieder des Hafis in der Hammer-Purgstall Übersetzung der ersten deutschsprachigen Gesamtausgabe preiswert als Reprint und geben den heutigen Lesern und Liebhabern des West-Östlichen Divan die Gelegenheit, den Quellen Goethescher Inspiration nachzugehen.

Reprint der deutschen
Erstausgabe
von 1812/13

übersetzt und erläutert
von Joseph
von Hammer-Purgstall

1. Teil: 525 S., kt.,
EUR 24,90
ISBN: 3-9806799-1-8

2. Teil: 585 S., kt.,
EUR 24,90
ISBN: 3-9806799-2-6

beide Bände zusammen:
EUR 46,00
ISBN: 3-9806799-3-4

Mohammed Schams ed-Din, genannt Hafis

d.h. „Bewahrer", der Ehrenname für diejenigen, die den Koran auswendig beherrschen, lebte von 1326 bis 1390 in Schiras. Er gilt als der größte Dichter Persiens. In seinen Liedern und Gedichten verherrlichte er nicht nur Allah und den Koran, er besang in den feurigsten Tönen die Schönheit der Natur, die Liebe zur Geliebten und zum Geliebten; er feierte den Wein, Schenken, Gesang und Tanz - und er spottete mit loser Zunge über die Buchstabenfrommen, die ihn wegen seiner „lästerlichen Reden" und Gedichte wegen Ketzerei und Gotteslästerung verfolgten. Der Sufi und „heilige Narr", „die mystische Zunge des Unsichtbaren", „die Rose von Schiras" - auch unter diesen Beinamen ist er bekannt. Goethe nennt ihn den „heiligen Hafis". Ein Heiliger, der das Leben in seiner ganzen Fülle und Sinnlichkeit liebte und genauso sinnlich in seinen Gedichten pries.

Pressestimmen:

Zauberhafte Betthupferl für Kinder und Erwachsene

Von Claus Nothdurft mit schwarzen, holzschnittartigen Zeichnungen illustriert, eignen sich die kurzen Geschichten für Kinder. Noch besser sind sie aber als zauberhafte Betthupferl für Erwachsene geeignet.”

Frankfurter Rundschau 1998

„Die Märchen handeln von tüchtigen Mädchen, Prinzen und Prinzessinnen. Da gibt es eine trutzige Burg auf hohem Berge, einen feuerspeienden Drachen oder einen Bücherprinzen hoch oben auf dem Schloß. Sie stimmen auf die mystische Märchenwelt ... ein.“

Frankfurter Allgemeine Zeitung, 3.12.1997

„Bestimmte Märchen-Motive (hohle Weiden, Pferde, Schlösser, Prinzen, Prinzessinnen, verzauberte Schuhe, Zaubersprüche) sind dem Leser vertraut und schaffen die Basis für die neuen, abwechslungsreichen Märchen-Ideen der Autorin. Mit viel Sensibilität und offensichtlicher Erfahrung mit dieser Gattung gelingt ihr ein Sortiment schöner, lesens- und vorlesenswerter Märchen. ... Die Märchen verdienen es, weit über den Einzugsbereich von Kelkheim gelesen zu werden.“

Arbeitsgemeinschaft Jugendliteratur und Medien (VJA) in der GEW, 6.6.1999

Regina Berlinghof

Wüste, Liebe und Computer

Geschichten

245 S., kt., EUR 12,90, 1999/2000[2]
ISBN: 3-9806799-0-X

Liebe, Sonne, Sand und Felsen schärfen Sinneswahrnehmungen und Bewußtsein. Auch Meditationen. Auf einmal wird alles möglich, und Dinge geschehen, von denen die Menschen in Regina Berlinghofs buntem Geschichtenstrauß nie zu träumen wagten. Ist der Zeitreisende Richard nun bei den Neandertalern oder doch in der Zukunft gelandet? Was erleben die Teilnehmer einer Party, wenn sie sich aufs "Dritte Auge" konzentrieren? Warum verwandeln sich alle Liebhaber Karlas in Morgenröcke? Wie würden außerirdische Wissenschaftler die "Eingeborenen" unseres Planeten beschreiben? Sind Computer tatsächlich die Vorboten allen Unheils und was hat Minnesang mit dem Kampf um die schlanke Linie zu tun? Welche Verwandlungen bewirken ganz irdisch-normale Urlaubsreisen?

Im Fremden das Eigene erkennen und im Eigenen das Fremde. Darum geht es in allen Geschichten – ob heiter, ernst oder sehr erotisch. Sie laden die Leser auf vergnügliche und spannende Weise dazu ein, die Welt und sich selbst mit anderen Augen zu sehen.

Pressestimmen:

"Allesamt sind es menschlich-zauberhafte Geschichten mit viel Seele, einem Schuss Erotik und einem Hauch Mystik, die weniger denVerstand als das Gefühl ansprechen und die Augen für das Fremde öffnen.

Regina Berlinghofs Rezept heißt Konfrontation. Der Computer hassende Reisebuchautor muss plötzlich mit seiner dem Laptop verfallenen Gattin zurechtkommen. Ausgerechnet die verklemmte Studienrätin wird aus heiterem Himmel mit erotischen Liebesbriefen im Stil der Minnesänger bombardiert. Der in die Zukunft reisende Wissenschaftler landet just bei den Neandertalern und entdeckt sein Gefiihl für die Natur wieder. Mit der Natur konfrontiert werden auch die deutschen Amerika-Touristen, die Berlinghof im wahren Wortsinn nacheinander in die Wüste schickt. Im Tal des Todes oder im Monument Valley erleben diese die unterschiedlichsten Seelenabenteuer, spüren die unendliche Schönheit und Kraft der Landschaft - und finden nicht selten die Liebe."

Frankfurter Rundschau, 30.12.1999

Weitere Veröffentlichungen:

Mirjam. Maria Magdalena und Jesus. Roman, Verlag Dietmar Klotz, Eschborn1997-1999

Kundry in: Sommerfest, Deutscher Taschenbuchverlag (dtv), München 1993; gesendet im Süddeutschen Rundfunk, S2 Kultur am 11.5.1997

Weitere Geschichten, Gedichte und Satiren auf der Homepage: http://www.regina-berlinghof.de

http://www.yinyang-verlag.de

Ein weiterer Titel der Verlagsautorin

Regina Berlinghof

Mirjam

Maria Magdalena und Jesus

Roman

Verlag Dietmar Klotz, Eschborn
610 Seiten inkl. Karten und Anhänge
ISBN 3-88094-273-1, 1997
2. Auflage 1999, Gebunden EUR 24,50
http://www.verlag-dietmar-klotz.de

http://www.regina-berlinghof.de

Foto: Mariam Dessaive

Regina Berlinghof, 1947 in Freiburg im Breisgau geboren, verbrachte Kindheit, Schulzeit und Jurastudium in Frankfurt am Main. Frühes Interesse für Israel, die arabischen Länder und die Wüste. Längere Kibbuz- und Studienaufenthalte in Israel und Ägypten, Wüstenurlaube in den USA. Regina Berlinghof arbeitet halbtags in der EDV einer Frankfurter Bank und als freie Schriftstellerin und Verlegerin in Kelkheim im Taunus.

Die Liebe verwandelt sie beide

- Maria Magdalena, die aus Haß und Verbitterung zu ihrer großen Liebe findet
- Maria Magdalena, die selbst die grenzenlose, göttliche Liebe erfährt
- Jesus, der nicht mehr zwischen göttlicher und sexueller Liebe trennt
- Jesus, der als Guru zurücktritt, weil seine Jünger ihn zum Gott machen
- Jesus, der von seinen Jüngern verraten wird, weil er sie wegen einer Frau verlassen will

Pressestimmen:

„Der Erzählerin geht es in der breit angelegten, aber kurzweiligen Geschichte nicht um historische Ausdeutung oder falsche Aktualisierung, sondern um das beziehungsreiche Wechselspiel von Einst und Jetzt. Berlinghof tut das geschickt und mit Stilempfinden, und sie eröffnet neue Sichtweisen auf vermeintlich allzu Bekanntes." *Frankfurter Rundschau, 22.5.1999*

„Ein mutiges Buch, das eine große Leserschaft verdient, geht es doch um die Liebe in all ihren Dimensionen." *Einblick, Augustheft 1997*

„Der Roman ist farbig und stark und manchen Nachdenkens wert." *BuchJournal 1997/1*

„Ein Roman über eine große Liebe und viel Menschliches." *Kelkheimer Zeitung, 25.6.97"*

„Durch die Hintertür schleicht sich Poesie ein." *Höchster Kreisblatt, 6.9.1997*